Nature en vue

Le serpent

Textes de Dreaming Green et Choi Su-bok
Conseiller scientifique : Han Sang-hun
Traduit du coréen par Lim Yeong-hee et Françoise Nagel

MANGO JEUNESSE

Langue de serpent

Le serpent fait partie de la famille des reptiles, des animaux à écailles. Il voit mal de loin, mais il détecte très bien les odeurs, grâce à sa langue fourchue qu'il tire constamment.

Ce serpent à l’affût sort sa langue pour sentir l’odeur de sa proie.

Le serpent perçoit les vibrations produites par les mouvements de sa proie sur le sol. Il s'en approche en rampant, guidé par son odorat.

La langue de ce serpent des blés ne distingue presque pas les goûts, mais elle lui a permis de repérer un rat.

Ce boa émeraude s'approche d'une grenouille.
Il attend le meilleur moment pour la saisir.

DEVINETTE

Pourquoi le serpent tire-t-il sans cesse la langue ?

Pour détecter les odeurs.

Regardez-moi !

Le serpent a un corps mince et allongé. Ses mâchoires flexibles peuvent s'écarter très largement.

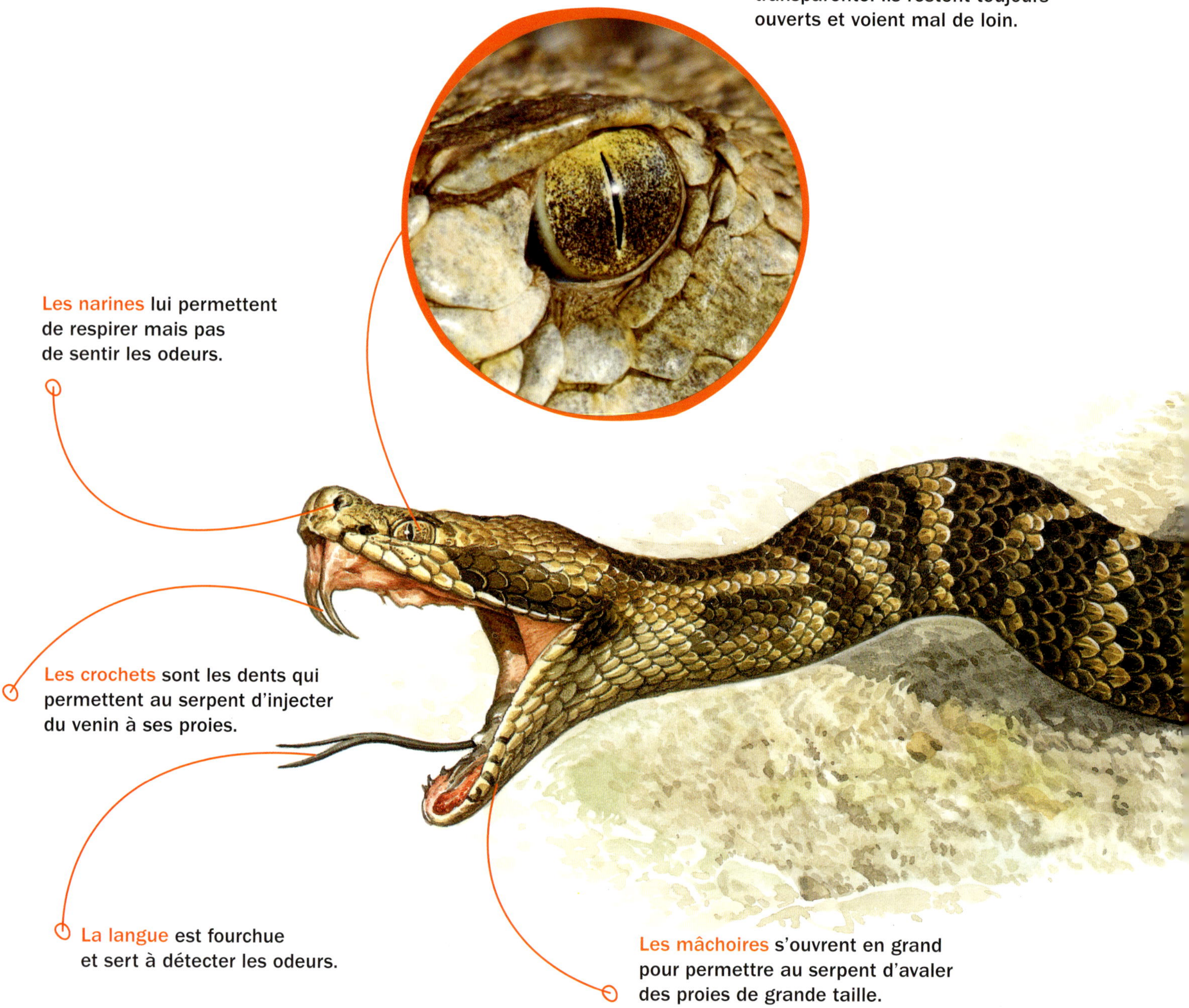

Les écailles recouvrent tout le corps du serpent. Elles peuvent être de plusieurs couleurs : marron, vert, jaune… Les écailles sont reliées entre elles par une peau élastique et souple.

Les écailles ventrales sont plus larges que celles du dos et elles facilitent le déplacement du serpent.

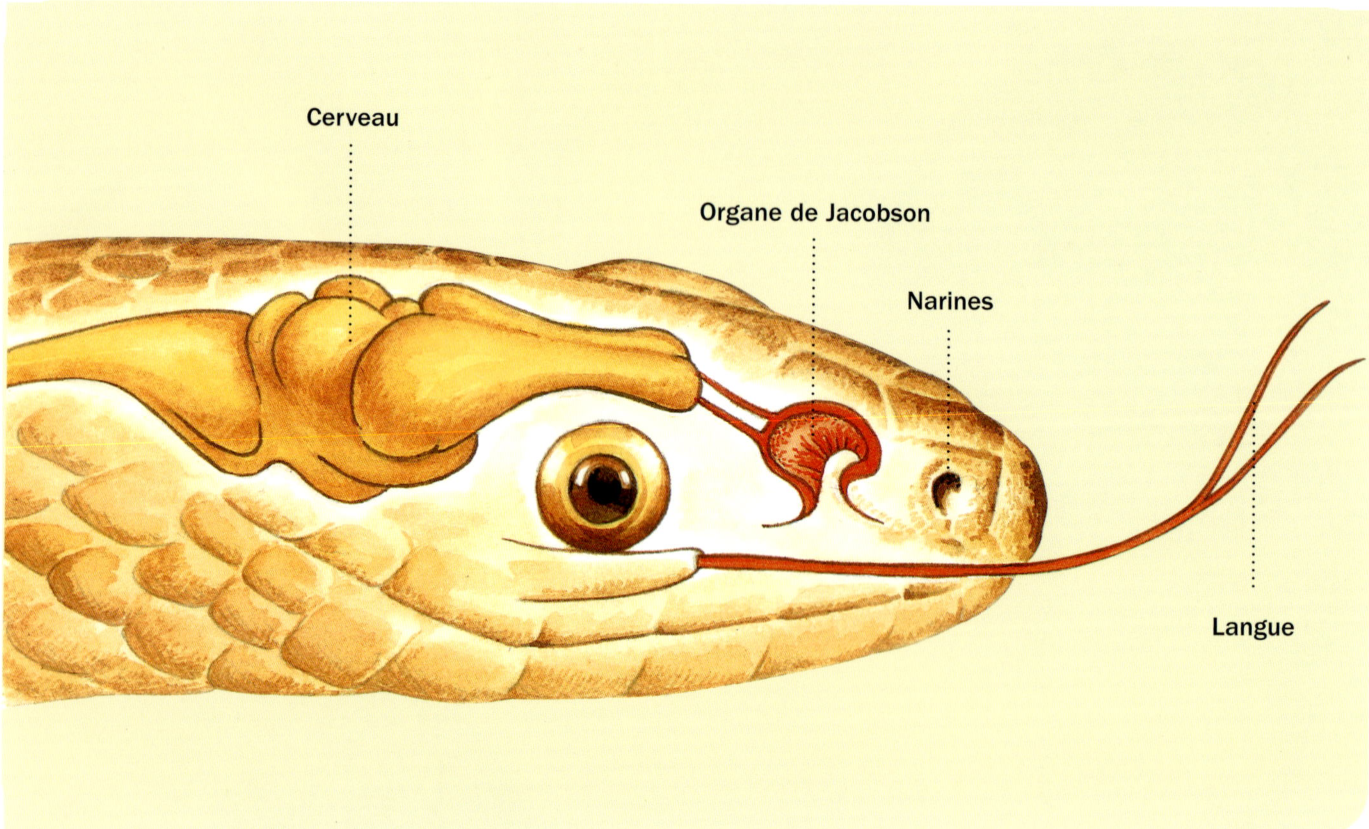

L'organe de Jacobson sert à analyser les odeurs captées par la langue.

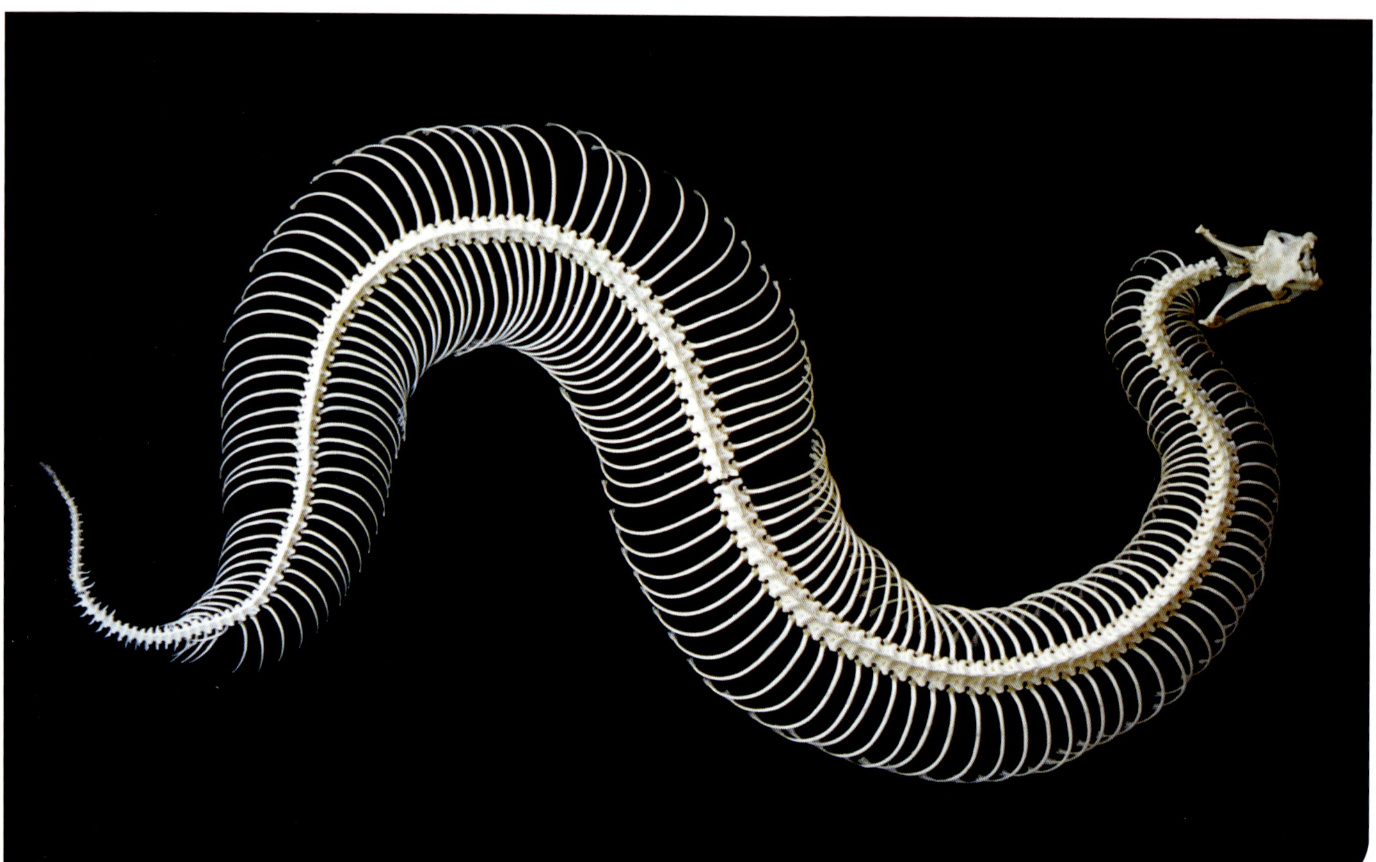

La colonne vertébrale des serpents est constituée de 200 à 400 vertèbres, chacune pourvue d'une paire de côtes. La colonne vertébrale est très souple, ce qui permet au serpent de ramper.

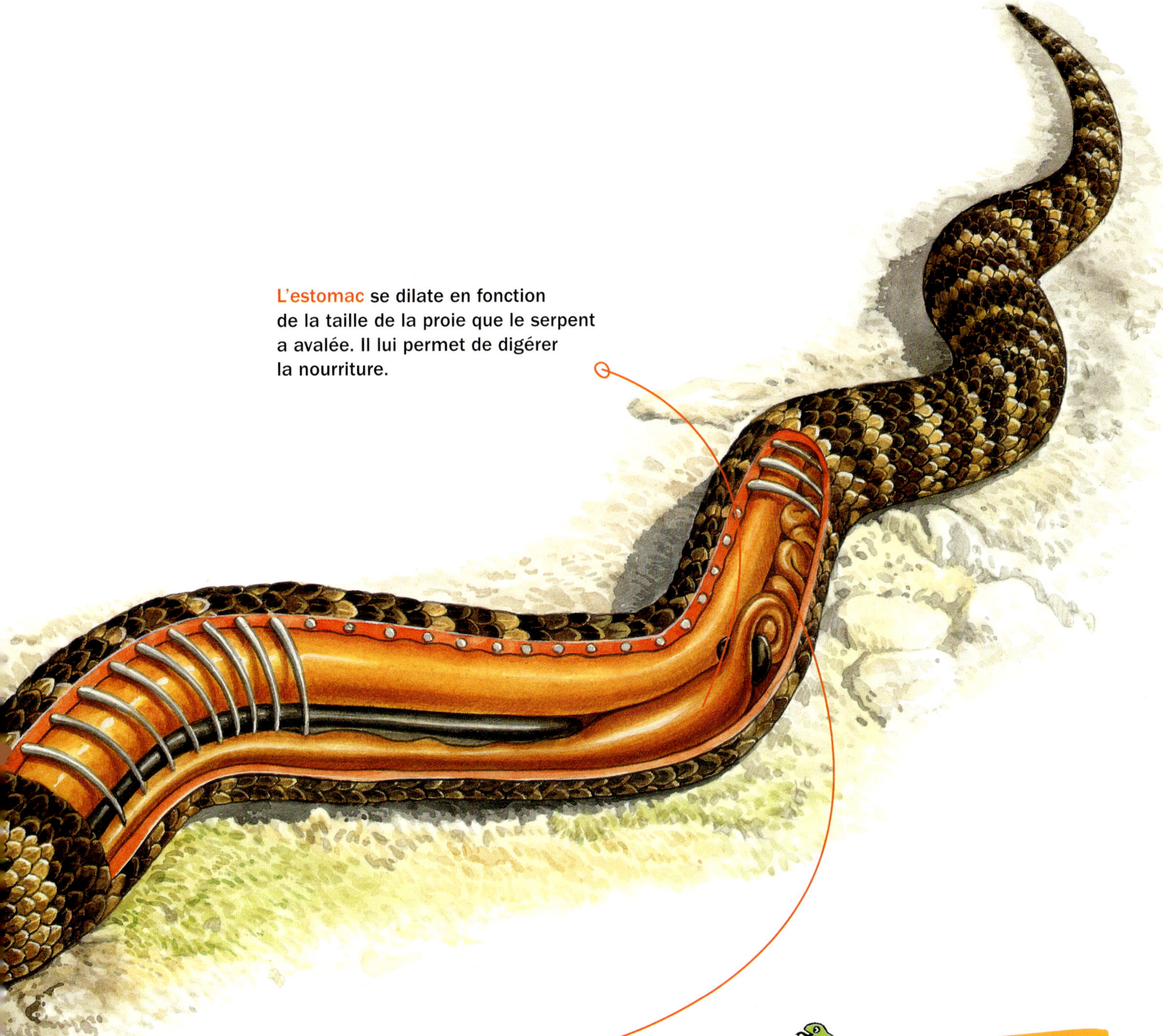

EN SAVOIR PLUS

Les écailles permettent au serpent de ramper sans se faire mal. Elles empêchent aussi l'eau contenue dans son corps de s'évaporer.

Sans les pattes

Le serpent n'a ni oreilles ni pattes, mais rien ne l'arrête. Il va où il veut. Grâce à sa colonne vertébrale flexible, il avance en formant des S sur le sol.

Ce serpent-roi rampe dans l'herbe en glissant sur ses écailles ventrales.

Les serpents qui vivent dans les arbres, comme ce boa, se déplacent en s'enroulant autour des branches.

Les serpents qui vivent dans le désert avancent de côté. Ils se soulèvent en prenant appui sur la tête et une partie de la queue et s'élancent en avant, comme un ressort qui se détend.

DEVINETTE

Comment les serpents qui vivent dans les arbres se déplacent-ils ?

En s'enroulant autour des branches.

J'ai faim !

Le serpent est un excellent chasseur. De ses petites proies, il ne fait qu'une bouchée. Les plus grosses, il les étouffe d'abord en les enroulant dans ses anneaux. Puis il ouvre grand la gueule et les avale tout rond.

Ce python de Seba engloutit une gazelle qu'il vient d'attraper et d'étouffer. Une fois prisonnière de ses anneaux, la proie ne peut plus se libérer. La salive du serpent l'aide ensuite à avaler son repas.

EN SAVOIR PLUS

La plupart des serpents se nourrissent d'animaux vivants. Grenouilles, oiseaux, lézards et rats composent leurs repas préférés. Les plus gros serpents peuvent manger des cerfs, des cochons et même des crocodiles.

Les serpents utilisent plusieurs techniques de chasse. Ils peuvent se mettre en embuscade, poursuivre leur proie ou s'en approcher tout doucement. Dans tous les cas, l'attaque est très rapide.

Quand ils n'étouffent pas leur proie dans leurs anneaux, les serpents l'avalent d'un seul coup. Certains la mordent d'abord pour lui injecter du venin.

Le serpent à nez de cochon se nourrit principalement de grenouilles et de crapauds.

Les crochets à venin de certains serpents se replient contre leur palais quand ils referment la gueule.

EN SAVOIR PLUS

Parmi les serpents venimeux, on trouve le crotale, le cobra, le tricot rayé, la vipère ou encore la couleuvre de Montpellier.

Certains serpents, comme cette couleuvre rayée, se nourrissent d'insectes.

La digestion des serpents dépend de la température ambiante. Après avoir mangé, ils recherchent donc la chaleur du soleil. S'il ne fait pas assez chaud, la digestion peut s'interrompre et le serpent doit recracher sa proie.

À la recherche de l'âme sœur

Pendant la période de reproduction, la femelle émet une odeur particulière, et les mâles se battent entre eux pour s'accoupler avec elle. Quelque temps après, la femelle pond ses œufs. Il peut y en avoir entre un et cent, de tailles et formes différentes selon les espèces.

Ces deux serpents mâles se battent pour s'accoupler avec une femelle. Chacun essaie de se placer sur le dos de l'adversaire et de poser sa tête au-dessus de celle de son rival.

Ces deux couleuvres à collier s'accouplent dans l'eau.

Après l'accouplement, la femelle serpent-roi de Californie pond entre dix et vingt œufs sur un sol humide ou dans une souche d'arbre pourrie.

04

Une fois rassuré, il sort entièrement de la coquille et reste près de son nid jusqu'à sa première mue.

La naissance des petits serpents

Certains serpents pondent des œufs.
D'autres donnent naissance à des petits déjà formés.

01

Le bébé serpent est bien à l'abri dans sa coquille mince et molle.

02

Juste avant l'

À mesure qu'il grandit, la peau du serpent devient trop petite. Il doit alors en changer. On dit qu'il mue.

osion, la coquille se dilate pour que le petit puisse la déchirer plus facilement.

03

Le bébé serpent sort la tête et tire la langue pour détecter la présence d'un ennemi.

Les serpents se lovent sur le sol pour se reposer. Dans cette position, il leur suffit de dresser la tête pour repérer la présence d'un ennemi. Ils peuvent alors contre-attaquer plus facilement ou choisir la direction dans laquelle s'enfuir.

06

Durant les premières années de sa vie, le serpent peut muer jusqu'à une fois par mois.

07

À l'âge adulte, il mue entre deux et trois fois par an.

05

Le jeune serpent grandit rapidement : sa première mue survient quelques heures après sa naissance.

Ni le chaud ni le froid !

Quand il fait froid, la température du serpent baisse et son corps devient rigide. Il cherche alors le soleil pour se réchauffer. Quand il fait trop chaud, il va se rafraîchir à l'ombre.

Ce crotale diamantin se réchauffe sur un rocher au soleil.

Quand il a trop chaud, le crotale des bois se glisse dans une fente de rocher ou une touffe d'herbe, à l'abri du soleil.

Quand il fait froid, les serpents qui vivent dans les zones tempérées hibernent dans les fentes des rochers ou les souches d'arbre. Ceux qui vivent dans les zones tropicales entrent dans un profond sommeil quand il fait trop chaud : c'est l'estivation.

EN SAVOIR PLUS

La température des serpents et des grenouilles change avec celle de leur environnement. Ils ne supportent donc pas le froid et hibernent pour ne pas mourir gelés.

Ennemi en vue !

Les serpents ont plusieurs prédateurs redoutables, comme les oiseaux ou les mangoustes, par exemple.

Les mangoustes, originaires d'Afrique et d'Inde, sont extrêmement rapides. Une fois que la mangouste a planté ses dents dans la nuque du serpent, celui-ci ne peut plus se dégager. Son venin ne lui sert plus à rien.

Le cobra royal d'Asie et le serpent-roi d'Amérique se nourrissent d'autres serpents, y compris de serpents venimeux. Ils sont immunisés contre le venin de leurs proies.

Les oiseaux, comme les faucons, les aigles, les cigognes et les chouettes, saisissent les serpents avec leurs griffes acérées et leur bec tranchant.

Astuces de survie

Chaque espèce de serpent a ses propres techniques de défense. Certains font le mort, d'autres changent de couleur pour se fondre dans l'environnement, d'autres encore prennent des couleurs vives en guise d'avertissement pour leurs prédateurs.

La couleur rouge du serpent corail sert à avertir ses ennemis qu'il est venimeux.

Le serpent-roi n'est pas venimeux mais il imite les couleurs du serpent corail pour tromper ses ennemis.

En cas de danger, le serpent à nez de cochon gonfle son corps et siffle pour effrayer son ennemi. Si sa ruse échoue, il se retourne sur le dos, bouche ouverte, et fait le mort.

Ce serpent d'Amérique du Sud, vert comme la végétation environnante, se déplace lentement entre les feuilles pour ne pas se faire remarquer.

La vipère à cornes vit dans les déserts d'Afrique du Nord et du Moyen-Orient. En été, pour éviter les grandes chaleurs et ne pas se faire repérer par ses ennemis, elle reste enfouie dans le sable pendant la journée et chasse la nuit.

EN SAVOIR PLUS

Les couleurs vives servent d'avertissement aux prédateurs.
Les couleurs de camouflage permettent de disparaître dans l'environnement et ainsi d'échapper aux ennemis.

Une grande famille

Savanes, jungles, déserts, océans, étangs, marais et même sous terre : on trouve des serpents dans le monde entier, sauf dans l'Antarctique, où il fait trop froid. Leurs tailles, leurs couleurs, leurs motifs sont différents selon les espèces.

Le python vert vit en Australie et en Papouasie-Nouvelle-Guinée. Il mesure jusqu'à deux mètres et change de couleur avec l'âge : il naît jaune ou rouge et devient vert vif en grandissant.

La vipère du Gabon est originaire d'Afrique. Elle peut mesurer jusqu'à deux mètres de long et dix centimètres de large. Sa tête large et triangulaire est pourvue d'une petite paire de cornes entre les narines.

Le serpent-roi du Chihuahua vit dans le sud-ouest des États-Unis et au Mexique.

Le cobra indien s'appelle également « cobra à lunettes » à cause des marques qu'il porte sur son capuchon. Son venin est très dangereux.

Le crotale diamantin est aussi appelé « serpent à sonnette », car il porte au bout de sa queue des anneaux qui produisent un bruit de grelot.

Le tricot rayé est un serpent marin. Sa queue aplatie en fait un excellent nageur. Il vit dans les mers chaudes où il se nourrit de poissons. Son venin est mortel.

L'anaconda vit en Amérique du Sud. Il peut mesurer jusqu'à huit mètres et peser cent kilos. Il vit dans l'eau et dans les arbres. Il s'enroule autour de ses proies pour les étouffer.

On trouve le *Rhabdophis tigrinus* dans les zones humides d'Asie. Il est très venimeux et peut aussi produire un poison dangereux pour les prédateurs qui le mangent.

La couleuvre de l'Amour vit en Chine et en Russie. Autrefois, on la trouvait dans les campagnes, près des habitations. Aujourd'hui, c'est une espèce menacée.

EN SAVOIR PLUS

La plupart des grands serpents vivent dans les jungles tropicales : les anacondas en Amérique du Sud, les pythons indiens en Asie.

LE CONSEILLER SCIENTIFIQUE

Han Sang-hun a étudié la biologie à l'université Kyeonghee en Corée du Sud et obtenu une maîtrise en agronomie au Japon, ainsi qu'un doctorat à l'université d'Hokkaido. Il effectue actuellement des recherches sur les vertébrés au sein de l'Institut national des ressources biologiques en Corée. Il est notamment l'auteur d'ouvrages sur les espèces disparues, les dinosaures, l'élevage et les mammifères vivant en Corée.

LES AUTEURS

Dreaming Green est une association d'éditeurs spécialisés dans les ouvrages scientifiques. Depuis longtemps, elle s'intéresse à l'écologie et a publié de nombreux livres sur les sciences de la nature et de l'environnement.

Choi Su-bok a étudié la littérature française à l'université de Jeollam et se consacre actuellement à l'écriture de livres pour la jeunesse. Son roman *Le Potager céleste* a reçu un prix en 2007. Choi Su-bok publie régulièrement dans un magazine d'écologie coréen.

LES ILLUSTRATEURS

Oh Hyeon-kyun, Hong Seong-ji, Jang Suk-hee.

CRÉDITS PHOTOGRAPHIQUES :

Dreamstime : 17 h (Vasiliy Vishnevskiy) – Eurocreon : 2 et 30-31, 14 b et 18 rabat (Nature PL), 18-n°01 (Roberto Nistri), 18-n°02 et 03 (Barrie Watts), 18-n°04 (Zig Lesczynski), 19-n°05 (Pascal Goetgheluck), 19-n° 06 et 07, 22, 23 h et 25 b (Animals Animals), 23 b (Paul Sawer) – Image Click : 24 hd (James Carmichael Jr) – Ivary : 15 b (Fritz Polking), 24 hg (Michael & Patricia Fogden), 28 b (Lee, Jung Geun) – MultiBits Image : couverture (Rich Reid), 3 et 26 g (Scott Buckel), 4-5 (Tim Laman), 6 (John S. Mitchell), 7 (Thomas Kitchin & Victoria Hurst), 8 (Bill Gorum) , 9 h et 27 hd (Visuals Unlimited, Inc./Joe McDonald), 9b (Heidi & Hans-Juergen Koch), 9 b int. (Joe McDonald), 10 (George Grall), 11 h (Pete Oxford), 11 b (Patricio Robles Gil/ Sierra Madre), 12-13 (Gunter Ziesler), 14 h, 25 h et 27 hg (Michael & Patricia Fogden), 15 h (Bill Beatty), 17 b (Jim Merli), 18-19 ext. (Rick & Nora Bow), 21 h (John Cancalosi), 21 b et 24 b (Joe McDonald), 26 hd (Jack Milchanowski), 27 b (David Fleetham/Visuals Unlimited, Inc), 28 h (Mary Ann McDonald) – Topic Image : 13 d (Marevision), 16 (Dev Gogoi/Demotix/Corbis), 19 rabat (Jack Milchanowski), 20 (Design Pics), 26 bd (John Cancalosi)

Dans la même collection